故宮御貓夜遊記 ⑮

不想做神獸的角端

常怡／著　　小天下 南畔文化／繪

中華教育

責任編輯：謝燿壕
裝幀設計：鄧佩儀
排版：鄧佩儀
印務：劉漢舉

故宮御貓夜遊記 ⑮
不想做神獸的角端

常怡 / 著　小天下 南畔文化 / 繪

出版 | 中華教育

香港北角英皇道 499 號北角工業大廈 1 樓 B 室
電話：(852) 2137 2338　傳真：(852) 2713 8202
電子郵件：info@chunghwabook.com.hk
網址：http://www.chunghwabook.com.hk

發行 | 香港聯合書刊物流有限公司

香港新界荃灣德士古道 220-248 號 荃灣工業中心 16 樓
電話：（852）2150 2100　傳真：（852）2407 3062
電子郵件：info@suplogistics.com.hk

印刷 | 高科技印刷集團有限公司

香港葵涌和宜合道 109 號長榮工業大廈 6 樓

版次 | 2022 年 5 月第 1 版第 1 次印刷
©2022 中華教育

規格 | 16 開（185mm x 230mm）

ISBN | 978-988-8807-06-2

大家好！我是御貓胖桔子，故宮的主人。

御貓有胖的，也有瘦的，怪獸也是一樣。

　　故宮裏最胖的怪獸要屬角端了，經常
有遊客把他當作長胖了的麒麟。因為我的
身材也胖胖的，所以每次看到角端，我都
會覺得特別親切。

堆秀山下的金桂盆景開花了。

乾爽的秋風颸來，御花園裏到處充溢着讓人胸膛暖暖的、又有點發癢的香味。

今天晚上就躺在甜甜的桂花香中睡上一覺吧！我一邊這麼想着，一邊慢吞吞地朝着堆秀山走去。

自從長胖了以後，走路哪怕快一點，我都會呼呼地喘粗氣。
這時，嗖的一聲，一陣風從我的左邊颳了過去。

我揉了揉被飛起的塵土迷住的眼睛，再抬起頭時，堆秀山下已經站了一個胖乎乎的傢伙。

是誰呢？這麼胖，卻能跑得像風一樣快！

我還沒猜出來，那傢伙突然咻的一聲，吹起了口哨。

啊！我耳朵一豎，這下知道他是誰了。

「晚上好啊，角端。喵。」我甩着尾巴走過去。

我們貓族打招呼是有規矩的，先把尾巴筆直地豎起來，然後向左甩一圈。

角端把臉轉過來：「是胖桔子呀，晚上好。」

明亮的月光下，角端腦門上的犄角閃閃發光。和牛啊、羊啊這些動物不一樣，角端的頭上只長了一隻犄角。他的身體鼓鼓的，像發胖的獅子，嘴巴特別寬。

別看他胖，他可是怪獸中的博士，連龍都說，天下沒角端不會的語言，沒角端不知的事情。所以，同樣作為胖子，我對角端還是很崇拜的。

「你跑得可真快呀，我還以為是陣風呢。喵。」我說。

「這有甚麼，我一天可以跑一萬八千里。」角端有些得意。

長得這麼胖，還能跑得這麼快、這麼遠，我的心裏羨慕極了。

「不過，今天的口哨聲聽起來，怎麼那麼悲傷呢？喵。」

「那是因為桂花開了呀。」角端歎了口氣說，「不知道為甚麼，一聞到這香味呀，我就忍不住想大哭一場。」

我大吃一驚：「為甚麼要哭呢？做一隻神獸還有甚麼不滿足的嗎？」

「可是，我並不想做一隻神獸啊。」角端無奈地說，「天天待在故宮裏，肚子越來越大，身體越來越胖。以前有皇帝的時候，還可以幫他分析天下大事。而現在，除了待着，甚麼事情也沒有，還不如做印度森林裏的一隻野牛。」

「你去過印度？」我開始好奇了。

「大概八百年前，我在印度的大山裏住過一段
時間。」角端回答，「那時候真自在呀！和野牛一起
在山間奔跑，喝泉水，品嚐最稀有的香料。」

他深吸了一口桂花的香氣，接着說：「我還曾經碰到西征到印度的蒙古國大汗成吉思汗。他的大臣耶律楚材知道我不喜歡看到殺人這種殘忍的事情，就勸成吉思汗停止戰爭，回到自己的國家去了。」

「喵，你可真厲害啊。」我小聲說。

「不過，印度真熱呀，一年四季都和夏天一樣。」角端接着說，「要說氣候，還是澎湖最舒服。」

「澎湖又是甚麼地方？喵。」

21

「在南方，那是要飛過一片海才能到達的小島。兩千多年前，我被秦始皇的衞兵追趕，逃到過那裏。」

23

角端回答：「澎湖景色特別優美。山啊，水呀，都充
滿靈氣，人也很善良。我在那裏住過很長一段時間。」
「喵，你去過的地方還真不少呀。」我忍不住感歎。
「是呀，活的日子久了，去過的地方也就多了。」

「當神獸真好！長壽，還不會被天敵殺死，比當動物不知道好上多少倍。」我羨慕極了。

　　「誰告訴你，我們不會被殺死的呀？」角端用鼻子哼了一聲說，「我的很多同伴，就是被人類殺死的，不過那是兩千多年前的事情了。」

　　「人類怎麼會殺死神獸？」我吃驚地看着他。

　　「那時候，我們都生活在鮮卑山。那座山如今在一個叫內蒙古的地方。」角端說。

　　「然後呢？喵。」

　　他皺起眉頭說：「那時候的人類，特別喜歡我們的角。」

　　「角？」我抬頭看着他問，「就是你腦門上的犄角？」

　　「對。就是每隻角端只有一隻的犄角。」角端說，「人類捕捉到我們後，會把我們殺死，然後，用我們頭上的犄角來做弓。」

「啊！」我被嚇了一大跳，「殺……殺死？這也太殘忍了。」

「是啊，不過人類也不是只對我們這麼殘忍。他們會殺死大象，取走象牙；殺死狐狸，扒下牠們柔軟的皮毛；殺死蛇，把蛇皮做成皮包……」角端歎了口氣說，「那時候，鮮卑山住着很多的角端。但是，最後只有很少幾隻角端逃出了鮮卑山。我記得西漢時有個叫李陵的人，因為用角端的角做了十張弓，還被記錄在了人類的史書裏。」

「沒想到神獸也能被殺死，喵。」我打了個寒顫。

「兩千多年前的人類，還不知道我們是神獸呢。他們只看到了我們漂亮的犄角，卻沒有看到我們腦袋裏的智慧。等知道我們神奇的本領時，已經是一千多年以後的事情了。」角端瞇起眼睛，目不轉睛地盯着金黃色的桂花。

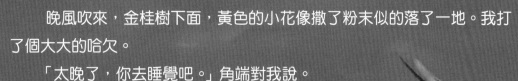

晚風吹來，金桂樹下面，黃色的小花像撒了粉末似的落了一地。我打了個大大的哈欠。

「太晚了，你去睡覺吧。」角端對我說。

「你呢？」我問。

「我還想在這裏多待一會兒。」他說。

「那再見吧！喵。」

我甩了下尾巴，朝着珍寶館的方向走去。天有點涼了，又有風，要找個避風的地方睡覺才行。

胖猫子的故宫小百科

神獸中的語言專家

角端

《宋書·符瑞志》記載：「日行萬八千里，又曉四夷之語。明君聖主在位，明達方外幽遠之事，則奉書而至。」當中寫的便是我：角端。我會多種語言，還會儘量幫皇帝了解天下事，所以古人總是把我放在皇帝辦公理政的地方，也不足為奇。

也可能因為如此，我的故事總和皇帝有關。《元史》亦有記載，成吉思汗在征戰途中遇過我，我勸他停止戰爭，早日回家。他的大臣耶律楚材說我吉祥，所以他們沒有傷害我，還聽了我的勸阻。

行次東印度國鐵門關，侍衛者見一獸，鹿形馬尾，綠色而獨角，能為人言曰：「汝君宜早回。」上怪而問公，公曰：「此獸名角端，日行一萬八千里，解四夷語，是惡殺之象，蓋上天遣之以告陛下。願承天心，宥此數國人命，實陛下無疆之福。」上即日下詔班師。

——宋子貞《中書令耶律公神道碑》

成吉思汗出行臨時在東印度國的鐵門關休息，負責在附近護衛的人看到一頭神獸，身體像鹿尾巴像馬，是綠色的而且有一隻角，可以講人話。它說：「你們的君主應該早點回國。」成吉思汗感到驚訝於是詢問耶律楚材，耶律楚材說：「這頭神獸名叫角端，一天能走一萬八千里，了解四方民族的語言，是不喜歡殺生的象徵，也是上天派它來告訴君主。希望君主迎合上天的想法，放過這些國家的人命，使君主的無盡福氣更滿更多。」成吉思汗於是在當天發佈命令要軍隊回國。

乾隆推薦 壁 瓶

壁瓶出現在明朝萬曆時期，是掛牆的裝飾，亦可插入鮮花、絹花等裝飾。乾隆是壁瓶超級愛好者，連出宮都要把壁瓶掛在轎中把玩，令乾隆時期的壁瓶燒造特別多。到了清中晚期，壁瓶便較少見了。

（見第1頁）

排 風 口 煙火走地

明清時期，紫禁城靠火地、火盆和手爐三種方式取暖禦寒，其中火地取暖最常用。在東西六宮，凡有牀位的房間，磚下都會設有火道。燒火時，煙霧隨地下煙道，從排風口排出。

這種「煙火走地下，燒火在室外」的取暖方式，使宮殿溫暖而乾淨。

（見第2頁）

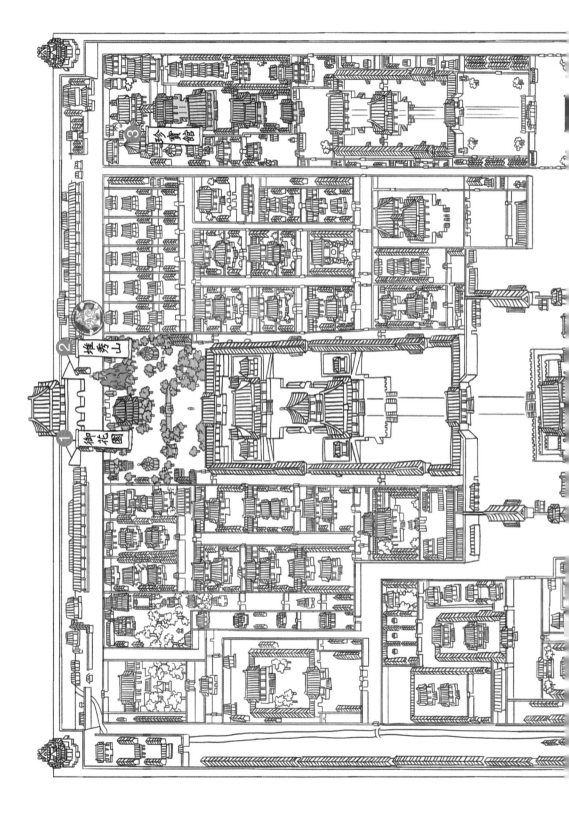

故宮博物院北京端故宮博物院

御花園

堆秀山

珍寶館

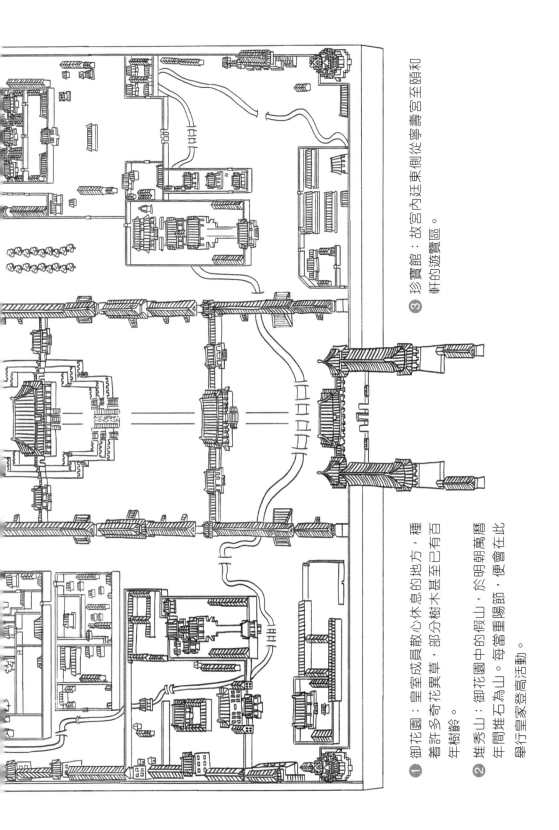

① 御花園：皇室成員散心休息的地方，種著許多奇花異草，部分樹木甚至已有百年樹齡。

② 堆秀山：御花園中的假山，於明朝萬曆年間堆石為山。每當重陽節，便會在此舉行皇家登高活動。

③ 珍寶館：故宮內廷東側從寧壽宮至頤和軒的遊覽區。

41

常 怡

角端，高智商怪獸，故宮裏的怪獸博士。

據說牠能夠日行一萬八千里，通四方語言，而且只陪伴明君，為英明的君王傳書護駕。在故宮裏，牠總是待在皇帝寶座的旁邊。

角端也叫甪（曾 lù ｜ 粵 六）端，很多讀者發來信息說，「你是不是寫錯了，不是角端，是甪端哪？」不是寫錯，稱呼牠「角端」，是因為我認為「角端」比「甪端」更準確。在我查閱的眾多古籍中，提到這隻怪獸，用「角端」的說法要比「甪端」多，比如《元史》。在清宮《獸譜》中也只收錄了怪獸「角端」，沒有「甪端」。《辭海》中對「甪端」的「甪」字的解釋為，「『甪』是『角』字的變體和異讀」，本身並沒有任何含義。而「角端」的「角」字對這隻怪獸卻是有含義的。

不止一本古籍裏提到，古人們十分喜歡用這隻怪獸的獨角做弓，稱之為角端弓。在冷兵器時代，弓箭相當於遠程武器，非常重要。我甚至懷疑，這種怪獸的消失，就與人類喜歡用牠的角做弓有關。

北京小天下時代文化有限責任公司

本篇故事的怪獸主角也是一個胖子，和胖桔子一樣的身材。所以在創作角端形象的時候，自然就參考了胖桔子。首先確定了這胖嘟嘟的身材，然後再去回味牠的故事。就像牠的名字一樣，角端的特徵除了胖，就是頭頂的角了。本篇故事也是圍繞着這個角來講述的。總的來說，故事有些悲傷，幾千年前，角端的遭遇讓我們難過。所以我們讓角端的形象儘量帶有一些沉穩的感覺，不像胖桔子那樣純粹「胖得可愛」。

從很久以前開始，人類對於自然界的動物就予取予求，為了滿足自己的需要，用盡各種手段傷害動物。在現代社會，雖然我們已經意識到保護動物、保護大自然的重要性，但是還是會有很多不法分子去做各種傷害動物的事情。希望通過這個故事能讓小讀者們了解保護動物和保護大自然的重要性。